「だるまさんめいろ」だよ！

だれが、早《はや》くゴールに行《い》けるか、きょうそうだ！

キツネのかぎや・4

だるまさんのおへそ

三田村信行・作●夏目尚吾・絵

あかね書房

もくじ

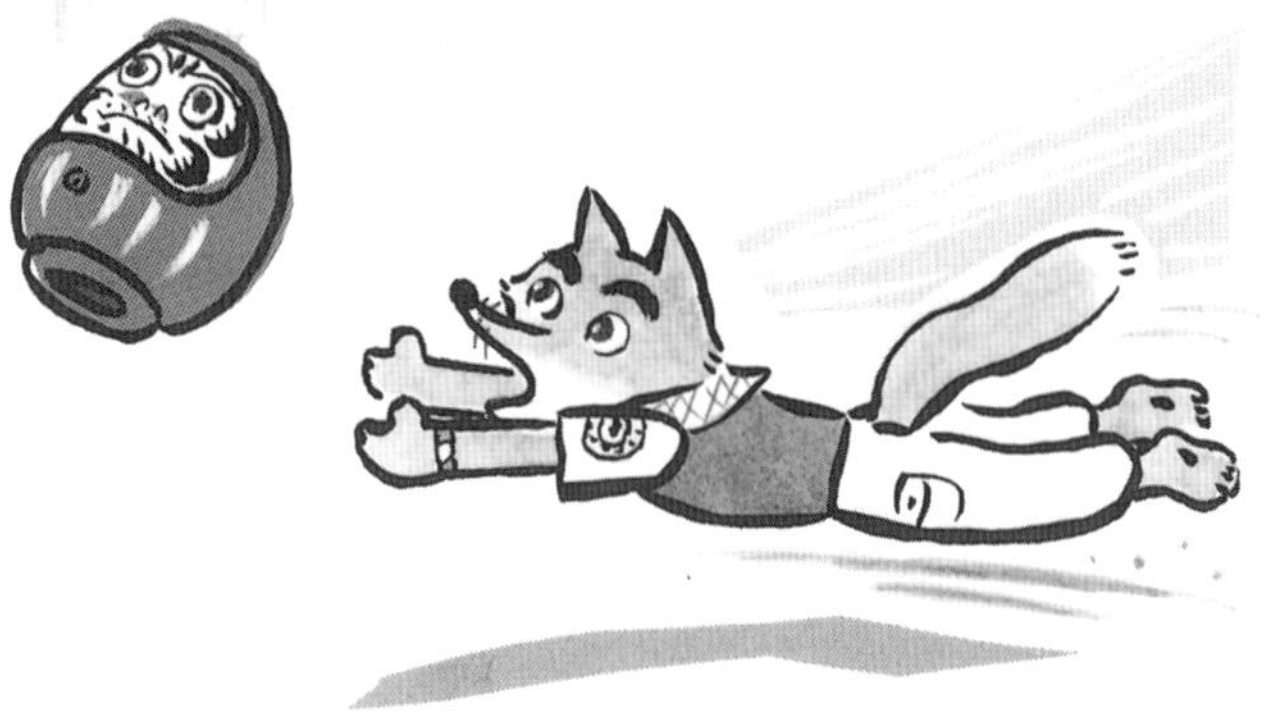

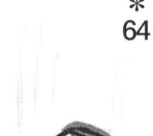

登場人物《とうじょうじんぶつ》

★キツネのかぎや
かぎは、なんでもあける自信《じしん》をもっている、このシリーズの主人公《しゅじんこう》。

●ヒョウの警部《けいぶ》
かっこよく、頭《あたま》もよく、推理《すいり》をはたらかせて、事件《じけん》にいどむ。

●アライグマの警官《けいかん》
パトカーのうんてんしゅ。

●なぞの　ばくだん男《おとこ》
だるまさんをつかって、ばくだんをばくはつさせると、おどす。

●ウシのおくさん
パトカーのまえにとびだしてきた。

＊キツネのかぎやさんは、今回《こんかい》もこわい事件《じけん》にまきこまれました！

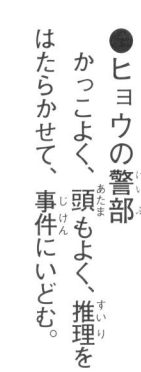

1 ばくだん男《おとこ》のちょうせん

キツネのかぎやは、駅《えき》まえの商店《しょうてん》がいのうらてにあります。

ある日《ひ》のことです。キツネは、しごとをおえて店《みせ》に帰《かえ》ろうと、駅《えき》まえまでもどってきました。

すると、さわやか銀行《ぎんこう》のまわりにぐるりとロープがはられ、ゴリラのきどうたいいんたちが、こわい顔《かお》つきで警《けい》かいしていました。パトカーも、なん台《だい》かとまっています。

「なにかあったんですか。」

見物《けんぶつ》している人《ひと》にきいてみると、

「銀行《ぎんこう》に、ごうとうが入《はい》ったんだ。」

「いや、ばくだんがしかけられたそうです。」

「そうじゃない。にせさつが見《み》つかったのさ。」

てんでんばらばらなこたえが、かえってきました。

だれも、ほんとうのことを知《し》らないようです。

そのとき、銀行《ぎんこう》からかっこいいヒョウの男《おとこ》の人《ひと》が出《で》てきました。なぜか、大《おお》きなだるまさんをかかえながら、

「おーい、だれか、いそいでかぎやをさがしてきてくれ！」

大声《おおごえ》でさけんでいます。

キツネのかぎや

「あっ、わたし、かぎやです。」

キツネは、まえに出《で》ていきました。

「警部《けいぶ》、このひとがかぎやだそうです。」

ゴリラのきどうたいいんが、ロープをもちあげて、キツネを中《なか》に入《い》れてくれました。

「ちょうどよかった。こいつのかぎをあけてくれたまえ。」

ヒョウの警部《けいぶ》は、かかえていたダるまさんをキツネの目《め》のまえにさし出《だ》しました。おかしなことに、そのだるまさんには、おへそがありました。

「へそが、かぎあなになっている。」

警部《けいぶ》がいいました。

よく見《み》ると、たしかにそれは、かぎあなでした。

キツネは、どうぐばこから先《さき》のまがったほそい鉄《てつ》の棒《ぼう》をとり出《だ》して、だるまさんのおへそにさしこみました。

しずかに左右《さゆう》にうごかしていくと、カチリと小《ちい》さな音《おと》がしてかぎがあき、だるまさんのおなかが、パカッと二《ふた》つわれて、中《なか》からピエロの人形《にんぎょう》がとび出《だ》しました。口《くち》に紙《かみ》きれをくわえています。

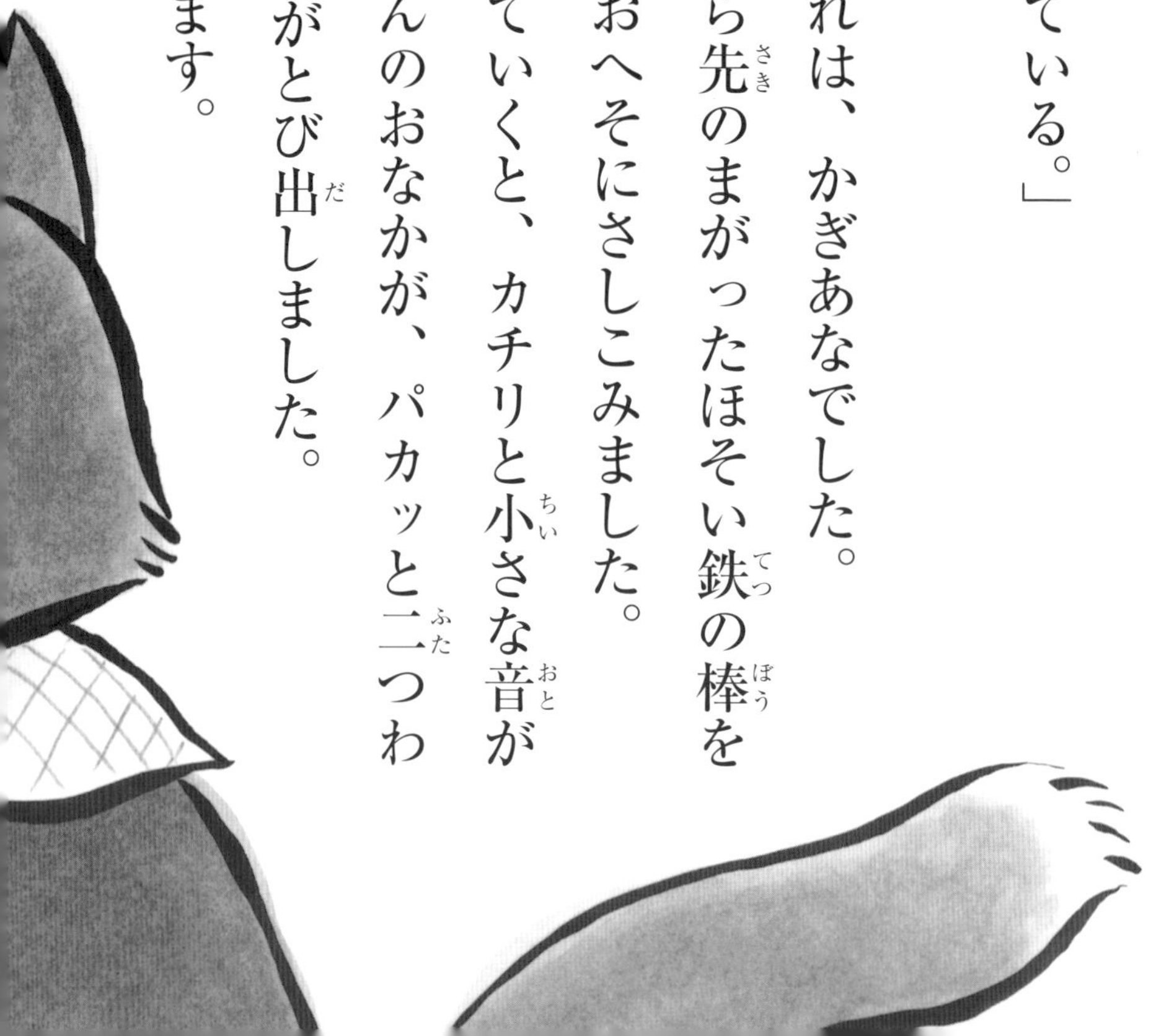

「なんだ、これは。」

ヒョウの警部《けいぶ》が、とりあげてみると、そこにはこんなことが書《か》いてありました。

ざんねんでした。はずれだよ〜ん。だるまばくだんは、あと三《みっ》つ。三時《さんじ》にばくはつするようにしてあるから、一時《いちじ》間《かん》いないに見《み》つけないと、たいへんだよ。つぎは、オレンジのわ切《ぎ》りにのっかったはこの上《うえ》を見《み》てごらん。

ばくだん男《おとこ》より

「くそっ、ひとをバカにしてやがる!」

警部《けいぶ》は、だるまさんを足《あし》もとにたたきつけました。

そして、

「あんたも、いっしょにきてくれ。」

そういうと、キツネのうでをとってパトカーにのりこみました。

「わいわい遊園地《ゆうえんち》にいそげ！」

2 間《かん》いっぱつ、セーフ！

パトカーは、バババババッといきおいよく走《はし》り出《だ》しました。

「あの、どうしてわいわい遊《ゆう》園《えん》地《ち》なのですか？」

キツネは、きいてみました。

「かんらん車《しゃ》を見《み》たことがあるだろう。でっかいオレンジ

を、わ切《ぎ》りにしたみたいに見《み》えるじゃないか。その上《うえ》にのっかったはことというのは、ゴンドラのことだ。そして、かんらん車《しゃ》のある所《ところ》といえば、この町《まち》ではわいわい遊園地《ゆうえんち》しかない。」

「あっ、なるほど。」

ヒョウの警部《けいぶ》のみごとな推理《すいり》に、キツネはすっかり感心《かんしん》してしまいました。

警部《けいぶ》の話《はなし》によると、三十分《さんじゅっぷん》ほどまえに、『さわやか銀行《ぎんこう》にばくだんをしかけた。うそだと思《おも》うなら、へそのあるだるまさんをさがせ。ばくだんはその中《なか》に入《はい》っている』という電話《でんわ》が、警察《けいさつ》にかかってきたそうです。

「それで、いそいで銀行《ぎんこう》にかけつけたというわけなのさ。」

話《はな》しているうちに、パトカーはわいわい遊園地《ゆうえんち》につきました。大《おお》きなかんらん車《しゃ》が、ぬうっとそびえています。

「あっ、あれ……！」

キツネがさけびました。ゆっくりとのぼってゆくゴンドラの屋根《やね》の上《うえ》に、だるまさんがちょこんとのっかっていたのです。

「まだ時間《じかん》はある。ゴンドラがおりてくるのをまてばいいさ。」

ヒョウの警部《けいぶ》は、たばこを
とり出《だ》して、火《ひ》をつけました。

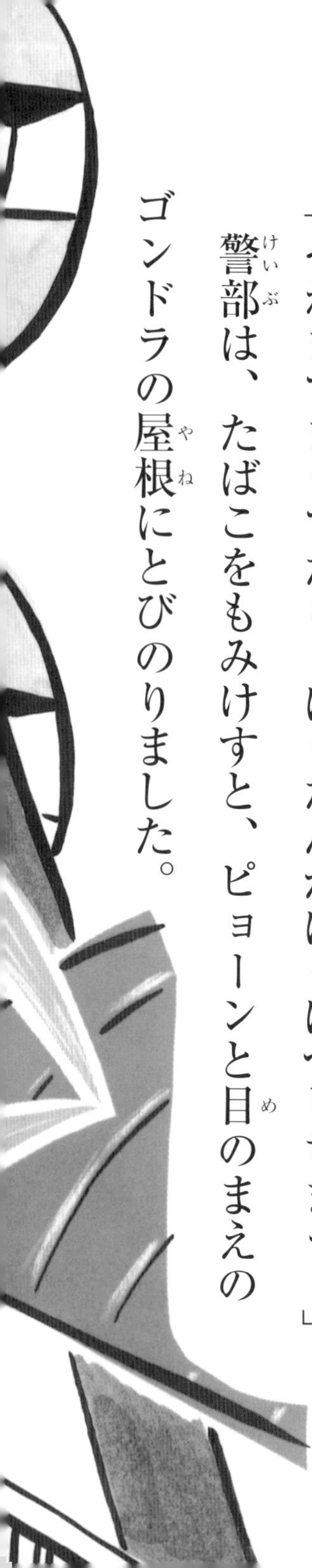

ところが、だるまさんののっかったゴンドラがいちばん高《たか》い所《ところ》にきた時《とき》、どうしたことか、かんらん車《しゃ》がとまってしまいました。

「す、すみません。こしょうです！」

かかりの人《ひと》が、とんできました。

「なおるまでに、一時間《いちじかん》ぐらいかかります。」

「それまでまってたら、ばくだんがばくはつしちまう！」

警部《けいぶ》は、たばこをもみけすと、ピョーンと目《め》のまえのゴンドラの屋根《やね》にとびのりました。

そして、ゴンドラからゴンドラへと、身《み》をひるがえしてとびうつっていきました。

たちまちいちばん高《たか》いゴンドラにたどりついた警部《けいぶ》は、屋根《やね》からだるまさんをとりあげようとしました。けれど、接着剤《せっちゃくざい》でくっつけてあるのか、なかなかとれません。

「えい、くそっ。」

力《ちから》いっぱいひっぱると、べりっと屋根《やね》からはがれましたが、いきおいあまってよろけた警部《けいぶ》は、思《おも》わずだるまさんをとりおとしてしまいました。だるまさんは、地面《じめん》にむかってまっさかさまにおちていきます。

「たいへんだ……！」

キツネは青《あお》くなりました。

だるまさんが地面《じめん》にげきとつしたら、中《なか》に入《はい》っているばくだんが、ショックでばくはつしてしまいます。

キツネは、おちてくるだるまさんにむかってダッシュしました。地面《じめん》まで、あと五《ご》メートル……三《さん》メートル……二《に》メートル……。いきおいよくジャンプしたキツネは、空中《くうちゅう》でだるまさんにとびつき、そのままくるりと一回転《いっかいてん》して地面《じめん》におりたちました。

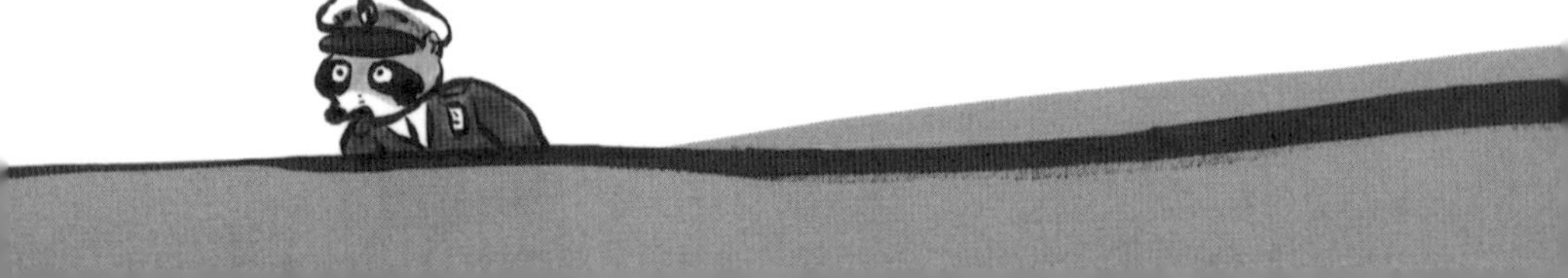

「セーフ！」
かんらん車《しゃ》からおりてきた
ヒョウの警部《けいぶ》が、思《おも》わず両《りょう》
手《て》をさっとひろげました。

3 だるまさんがいっぱい

キツネは、すぐさま、だるまさんのおへそのかぎをあけてみました。中《なか》にはおもちゃのロボットが入《はい》っていました。

「ふん、こいつがばくだんか？」

ヒョウの警部《けいぶ》が、手《て》にとってあちこちしらべていると、とつぜんロボットがしゃべりはじめました。

ガハハハ。また空《から》ぶりだったな。へそだるまはあと二《ふた》つ。そのどっちかにばくだんが入《はい》ってる。つぎの場所《ばしょ》のヒントは、**だるまさんがいっぱい**だ。ちえをしぼってさがし出《だ》すんだな。あばよ。

ばくだん男《おとこ》より。

「ふざけたやろうだ！」

警部《けいぶ》はいまいましそうに、ロボットをほうりなげました。

「だが、こまったぞ。いったいどこをさがせばいいんだ。」

「だるまさんがいっぱいだというんですから、だるまを売《う》っている店《みせ》をさがせばいいんじゃないですか。」

キツネがいうと、

「いや、この町《まち》には、だるまを売《う》っている店《みせ》は一《いっ》けんもないんだ。」

警部《けいぶ》は首《くび》をふりました。

「あのう……。」

そのとき、パトカーをうんてんしていたアライグマの警《けい》官《かん》が、口《くち》をはさみました。

「わたしがよく行《い》くファミリーレストランに、だるま亭《てい》という店《みせ》があります。店《みせ》の中《なか》には、だるまがたくさんかざってあります。」

「そこだ、いそげ！」

「りょうかい！」

パトカーは、わいわい遊園地《ゆうえんち》をあとにして、すぐさまだるま亭《てい》にむかいました。

だるま亭《てい》は、となりの町《まち》に通《つう》じる街道《かいどう》にありました。

「警察《けいさつ》でーす。」

警察手《けいさつて》ちょうを手《て》にしたヒョウの警部《けいぶ》を先頭《せんとう》に、三人《さんにん》は店《みせ》にとびこみました。

店《みせ》の中《なか》には、大小《だいしょう》さまざまのだるまが、所《ところ》せましとかざってありました。たしかに**だるまさんがいっぱい**です。

「ここだ、ここだ、まちがいない。」

警部《けいぶ》とキツネとアライグマの警官《けいかん》は、手分《てわ》けして、かたっぱしからだるまをしらべていきました。

ところが、おへそのあるだるまさんは一《ひと》つも見《み》つかりません。

「どういうことだ。あいつがだましたのか?」

ヒョウの警部《けいぶ》は、頭《あたま》をかかえてしまいました。

4

赤《あか》ちゃんが生《う》まれそう

そのあいだにも、時《じ》間《かん》はどんどんたっていきます。ばくだんがばくはつするまで、あと四十分《よんじゅっぷん》もありません。キツネは、きゅうにおしっこがしたくなりました。いそいでトイレにかけこむと、なんとおへそのあるだるまさんが、まどぎわにちょこんとのっかっているではありませんか。

「警《けい》部《ぶ》、あった、あった、ありましたよ！」

キツネは、だるまさんをとりあげると、おしっこもわす

れてトイレをとび出《だ》しました。

「見《み》つかったか。よかった、よかった。」

ヒョウの警部《けいぶ》は、大《おお》よろこび。

さっそくキツネが、鉄《てつ》の棒《ぼう》でおへそのかぎをあけました。

中《なか》に入《はい》っていたのは、大《おお》きなハンバーガーでした。

「くそう、まただまされたか。」

おこった警部《けいぶ》は、ハンバー

ガーをわしづかみにすると、
むしゃむしゃ食《た》べはじめました。

「ん？」

とつぜん顔《かお》をしかめた警部《けいぶ》は、口《くち》の中《なか》に手《て》をつっこんで、ずるずると細長《ほそなが》いぬのきれをひっぱりだしました。

なにか、字《じ》が書《か》いてあります。

へへへへ。またはずれたな。さぁ、のこりは、あと一《ひと》つ。こんどは
ぜったいにはずれっこない。だけど時間《じかん》があるかな。いそげや、いそげ。
場所《ばしょ》のヒントは、”だるまさんがころんだ“だ。ばくだん男《おとこ》より。

「だるまさんがころんだ？

どこだろう。」

「さあ。」

「けんとうもつきません。」

三人《さんにん》は首《くび》をひねりました。

「よわったぞ。早《はや》く見《み》つけない
と、ばくだんがばくはつする！」

警部《けいぶ》の顔《かお》が、青《あお》くなりました。

「あっ、そういえば！」

キツネが、ポンと手《て》をうちな
らしました。

だるま亭

「一月《ひとつき》くらいまえ、大《おお》じしんがありましたよね。そのとき、町《まち》の古《ふる》いたてものがいくつかかたむいたと、新聞《しんぶん》に出《で》ていました。その一《ひと》つに、だるまビルというのがあって、このまえ、その近《ちか》くの家《いえ》のかぎをなおしに行《い》った時《とき》に見《み》ました。たしかに、だるまさんがころんだようなかっこうに見《み》えました。」

「それだ！　場所《ばしょ》はどこだ。」

「たしか、五《ご》ちょうめのサクラ通《どお》り……。」

キツネがいいおわらないうちに、パトカーはもう走《はし》り出《だ》していました。

フルスピードでとばし、やがて四《よん》ちょうめのイチョウ通《どお》りにさしかかったときです。

「あぶない！」

うんてんしゅが、あわててブレーキをふみこみました。

パトカーは、キキキキーときしりながら、とまりました。

見《み》ると、おなかの大《おお》きなウシのおくさんが、パトカーのまえに立《た》ちはだかっています。

「赤《あか》ちゃんが生《う》まれそうなんです。病院《びょういん》につれてってください！」

ウシのおくさんは、顔《かお》をひきつらせながら、金切《かなき》り声《ごえ》でさけびました。

5 もう、へとへと

「ここからいちばん近《ちか》い病院《びょういん》はどこだ。」

ヒョウの警部《けいぶ》は、うんてんしゅにたずねました。

「しあわせ病院《びょういん》です。五分《ごふん》ぐらいで行《い》けます。」

「ばくはつまで、あと二十五分《にじゅうごふん》だ。」

警部《けいぶ》は、うで時計《どけい》を見《み》ながらいいました。

「ばくだんをさがすのに十分《じゅっぷん》とみて、のこりの十五分《じゅうごふん》で、病院《びょういん》をまわって、だるまビルまで行《い》くんだ。」

「りょうかい！」

ウシのおくさんをのせたパトカーは、サイレンをならしながら病院《びょういん》にむかいました。

「すぐつきますから、がんばってください。」

キツネは、シートにもたれてウンウンうなっているウシのおくさんの手《て》をにぎって、はげましました。

パトカーは、きっかり五分《ごふん》でしあわせ病院《びょういん》にとうちゃく。

ウシのおくさんをおろして、すぐさまだるまビルへ。

「あと二十分《にじゅっぷん》だ、いそげ！」

「りょうかい！」
アライグマの警官《けいかん》は、ギィーン
とエンジンをうならせて、キッ
ネがシートからころげおちるの
もかまわずに、パトカーをすっ
とばしました。

ところが、イチョウ通《どお》りをすぎてしばらく行《い》ったところで、パトカーのスピードがきゅうにぶったかと思《おも》うと、プスプスプスとへんな音《おと》をたててとまってしまいました。

「どうしたんだ？」

「とばしすぎたので、エンジンがこわれたみたいです。」

「なんてこった！」

警部《けいぶ》は、舌《した》うちして、

「かぎやさん、おりてくれ。だるまビルまで走《はし》るんだ。」

いうなり、パトカーからとびおり、コートのすそをひる

がえして走《はし》り出《だ》しました。

「ま、まってください……。」

キツネも、どうぐばこをかかえてあとをおいます。けれど、ヒョウの警部《けいぶ》のはやいことはやいこと。あっというまに、点《てん》みたいに小《ちい》さくなってしまいました。

キツネは、息《いき》を切《き》らしながら、警部《けいぶ》のあとをおってけんめいに走《はし》りましたが、このごろ少《すこ》しふとってきたせいか、サクラ通《どお》りの坂道《さかみち》にさしかかったところで、へたばってしまいました。

すると、警部《けいぶ》が風《かぜ》のようにかけもどってきました。

「いそいでくれ。時間《じかん》がないんだ。」

「だめです。もう、へとへとです。」

キツネは、べたりと道《みち》ばたにすわりこんでしまいました。

6 チューリップの花《はな》が……

「しっかりしてくれ。あんたがいなくちゃ、だるまのかぎがあかない。」

ヒョウの警部《けいぶ》は、コートのポケットから長《なが》いロープをとりだすと、一方《いっぽう》のはしをキツネの腰《こし》にむすびつけ、もう一方《いっぽう》をじぶんの腰《こし》にむすびつけました。

「さあ、あと少《すこ》しだ、がんばれ。」

警部《けいぶ》は、キツネを立《た》たせると、

いきおいよく坂道《さかみち》を
のぼりはじめ
ました。

キツネは、ロープにぐいぐいひっぱられながら、なんとか坂道《さかみち》をのぼっていくことができました。

だるまビルは、坂《さか》の上《うえ》にありました。右《みぎ》に大《おお》きくかたむいています。なるほど、だるまさんがころびかけているように見《み》えます。

「あった！　あそこです。」

キツネがさけんで、五階《ごかい》のまどをゆびさしました。こわれたまどから、だるまさんが顔《かお》をのぞかせています。

「三時《さんじ》まで、あと五分《ごふん》だ！」

警部《けいぶ》は、うで時計《どけい》を見《み》ながら、かたむいたビルにとびこんでいきました。

キツネもあとにつづきます。

ゆかも階段《かいだん》もかたむいているので、のぼりにくく、五階《ごかい》までつくのに二分《にふん》かかりました。

警部《けいぶ》は、まどぎわにすっとんでいくと、だるまさんをひっつかんで、キツネのまえにおきました。

「ばくはつまで、あと三分《さんぷん》しかない。早《はや》いとこ、かぎをあけてくれ。」

キツネは、すぐさまどうぐばこから鉄《てつ》の棒《ぼう》をとりだして、だるまさんのおへそにさしこみました。ところが、いくらガチャガチャやっても、かぎがあきません。

「あと二分《にふん》。どうしたんだ。」

「このだるまさんだけには、あけにくいかぎをつけてあるみたいです。」

キツネは、ひたいのあせをふきながら、ひっしで鉄《てつ》の棒《ぼう》をうごかしつづけます。

「あと一分《いっぷん》……！」

警部《けいぶ》のひたいからも、どっとあせがふき出《で》てきました。

「あと、三十秒《さんじゅうびょう》。まだか？」

そのとき、まがった鉄《てつ》の棒《ぼう》の先《さき》が、なにかにひっかかりました。キツネは、ぐいっと右《みぎ》に鉄《てつ》の棒《ぼう》をひねりました。

カチリ

と音《おと》がして、だるまさんのおなかが二《ふた》つにわれました。

警部《けいぶ》は、ものもいわずに手《て》をつっこむと、中《なか》に入《はい》っているものをひっぱり出《だ》しました。

出《で》てきたものを見《み》て、ふたりとも口《くち》をあんぐり。なんとそれは、うえきばちにうわったチューリップの花《はな》だったのです。

「くそっ、だまされた。はじめからいたずらだったんだ。」

警部《けいぶ》は、くやしそうにバリバリと歯《は》をかみならすと、うえきばちからチューリップをひっこぬきました。

「なんだ、こいつはほんものの花《はな》じゃないぞ。ほんもののそっくりにつくられた造花《ぞうか》だ。」

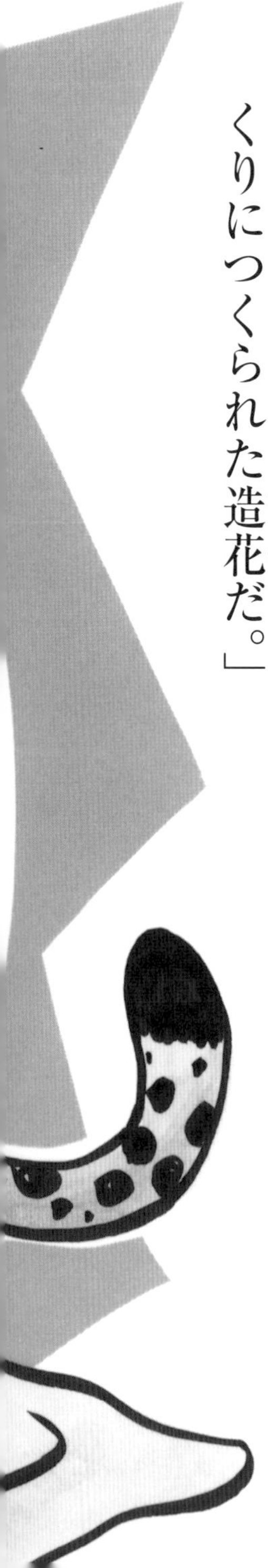

7

だるまばくだん、ばくはつ！

「けけけ警部《けいぶ》！」

キツネが、ふるえ声《ごえ》でさけびました。

「ねっこのところに、なにかついてます！」

「ん？」

ヒョウの警部《けいぶ》は、チューリップのねっこに目《め》をやりました。黒《くろ》くぬったしかくいはこがむすびつけてあります。はこには、時計《とけい》の文字《もじ》ばんがついていました。針《はり》は三時《さんじ》にあと三秒《さんびょう》のところをさしています。

「ばばばばばくだんだあ！」

警部《けいぶ》は目《め》をむいて、思《おも》わずもっていたチューリップをとりおとしてしまいました。そのとき、時計《とけい》の針《はり》がちょうど三時《さんじ》をさしました。

ドッカーン！

大《おお》きな音《おと》とともに、
ばくだんが
ばくはつしました。

警部《けいぶ》とキツネはにげるひまもなく、
その場《ば》にばったりとたおれて……。

「なんじゃ、こりゃ。」

最初《さいしょ》におきあがったのは、ヒョウの警部《けいぶ》でした。

「どうなってるんでしょう。」

つづいて、キツネもおきあがりました。

ふたりの目《め》のまえに、こまかく切《き》った金《きん》や銀《ぎん》の紙《かみ》きれが、ふぶきのようにまいおちてきたのです。

そのとき、警部《けいぶ》のケータイが鳴《な》りました。

「なんだ？　……えっ、はんにんをつかまえた？　そうか。よかった、よかった。……なにぃ、ばくだんはおもちゃ？　ばくはつしても、紙《かみ》ふぶきしかとばないから心配《しんぱい》いらないだと？　……くそっ。そういうことは、もっと早《はや》くれんらくしろ！」

警部《けいぶ》は、ケータイにむかってどなりつけると、口《くち》の中《なか》に入《はい》った紙《かみ》きれをいまいましそうに、ペッペッとはき出《だ》しました。

はんにんは、だるまを作《つく》る会社《かいしゃ》のタヌキ社長《しゃちょう》でした。

ふけいきでだるまが売《う》れなくなったうえに、このまえのじしんで、ビルがかたむいてしまったために、会社《かいしゃ》がつぶれてしまったのだそうです。

むしゃくしゃした社長《しゃちょう》は、気分《きぶん》をスカッとさせようとして、ばくだんさわぎをおこしたのでした。

「そっちはスカッとしただろうけど、おかげでこっちはたいへんな目《め》にあった。」

キツネは、ぼやきました。

その夜《よ》おそく、キツネがベッドに入《はい》ろうとしていると、電話《でんわ》が鳴《な》りました。

「やっほー！　わが友《とも》よ……。」

受話器《じゅわき》から聞《き》こえてきたのは、ヒョウの警部《けいぶ》の声《こえ》でした。だいぶよっぱらっているようです。

「じつはでちゅねえ。なかまといっしょに、はんにんをつかまえたおいわいをしてたのよ。ところがでちゅねえ、アパートにかえってきたら、かぎがないのね。どっかにわすれたか、おとしちまったにちがいない。そこで、わが友《とも》よ、

すまんが、わがはいのアパートまできて、ちょこっとかぎをあけてくれんかねえ。たのんます。」

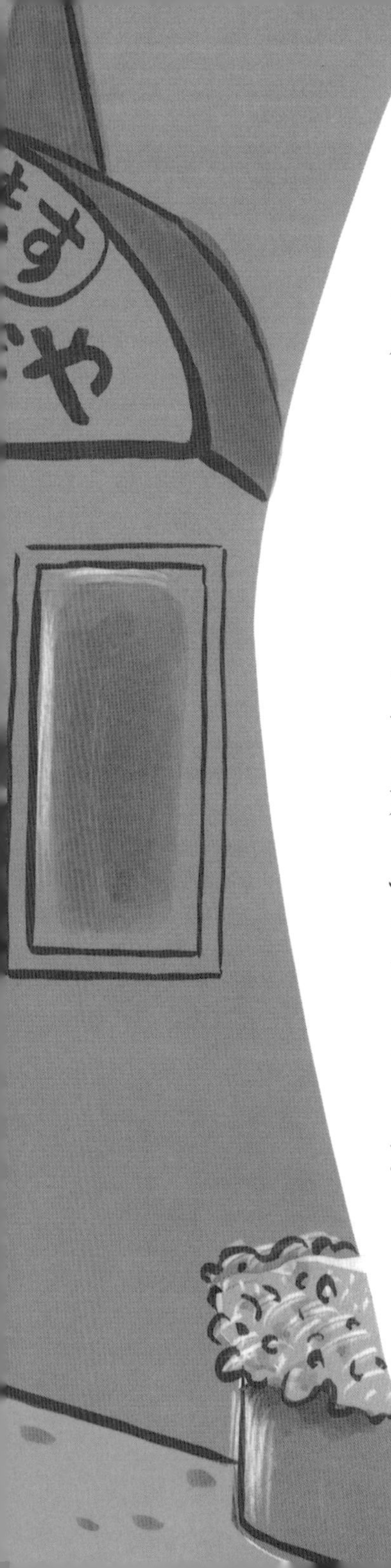

「わかりました。すぐうかがいます。」
キツネは、そうへんじして受話器《じゅわき》をおくと、にがわらいしました。
「やれやれ、これもばくだんさわぎのせいだ。」
どうぐばこをかかえて表《おもて》に出《で》たキツネは、しずまりかえった夜《よる》の町《まち》に、じてん車《しゃ》を走《はし》らせていきました。

メン
なんでもあ
キツネのカ

★知《し》ってると、とくする情報《じょうほう》がいっぱい！ 防犯《ぼうはん》は、キツネのかぎやから！

なんでもあけます

キツネのかぎや新聞《しんぶん》

2003年
6月発行
●発行所●
キツネのかぎや

ワン ドア ツー ロック！

● ほんのちょっとの外出《がいしゅつ》でも、かならずドアのかぎをかけましょう。ゴミすてや、きんじょのかいものでも、しっかりげんかんのかぎをかけることが大切《たいせつ》です。

● 合《あ》いかぎは、なくさないようにしましょう。かぎをおきっぱなしにするのはやめましょう。

● かぎを落《お》としたり、ぬすまれたときは、合《あ》いかぎを作《つく》るのではなく、錠前《じょうまえ》ごととりかえるようにしましょう。

ワン ドア ツー ロック（一《ひと》つのドアに、二《ふた》つのかぎをつける）をおすすめいたします。

おもしろ「ひょう」のなぞなぞだよ！

① すもうを とる、まるい 土《つち》の ひょうは、なあに？

② こおりの 海《うみ》に うかぶ 山《やま》のような ひょうは、なあに？

③ 本《ほん》の 外《そと》がわに ある 紙《かみ》の ひょうは、なあに？

④ ふざけてばかりいる こっけいな 人《ひと》の ひょうは、なあに？

⑤ だるまさんのような かたちの しょくぶつの 実《み》の、ひょうは、なあに？

「だるま」ものしり

だるまは、むかしの中国《ちゅうごく》のえらいおぼうさん「達磨《だるま》大師《だいし》」が座禅《ざぜん》をしているすがたにせたおもちゃです。

たおしても、すぐおきるように作《つく》られています。赤《あか》い色《いろ》は、まよけの力《ちから》があると信《しん》じられています。いろいろな形《かたち》のだるまをしょうかいします。

●姫《ひめ》だるま（大分県《おおいたけん》）

●炭《すみ》だるま（長野県《ながのけん》）

●三角《さんかく》だるま（新潟県《にいがたけん》）

《にがお絵《え》コーナー》

「にがお絵《え》、みんな じょうずだね。どんどん送《おく》ってね。」

石川晃野（長野県《ながのけん》）

寺島洋一（石川県《いしかわけん》）

菊地恵里花（岩手県《いわてけん》）

森下 央（東京都《とうきょうと》）

カギのことなら、キツネのかぎやへ！ どこでも行《い》きます、キツネのかぎや！

●キツネのかぎやについて知《し》りたいことや聞《き》きたいこと、にがお絵《え》などを葉書《はがき》に書《か》いて

〒101-0065　東京都千代田区西神田3-2-1　あかね書房「キツネのかぎや」係《がかり》まで

おたよりください。葉書《はがき》には、じぶんの住所《じゅうしょ》・名前《なまえ》・郵便番号《ゆうびんばんごう》をはっきりと書《か》いてください。

「たのしい おたより、まってます！」

★どろぼうは　見《み》ている！　お出《で》かけには、かぎを忘《わす》れずにしっかりかけましょう。

《なぞなぞのこたえ》①土《ど》ひょう　②ひょう山《ざん》　③ひょう紙《し》　④ひょうきん　⑤ひょうたん

著者紹介《ちょしゃしょうかい》

作者●三田村信行（みたむら　のぶゆき）

1939年東京に生まれる。早稲田大学卒業。

作品に、『ぼくが恐竜だったころ』『風の城』（ほるぷ出版）『キャベたまたんていぎょうれつラーメンのひみつ』（金の星社）「ウルフ探偵シリーズ」（偕成社）「ふしぎな教室シリーズ」（フレーベル館）「ネコカブリ小学校シリーズ」（PHP研究所）「三国志」（全5巻・ポプラ社）『おとうふ百ちょうあぶらげ百まい』（あかね書房）など、多数がある。東京都在住。

＊＊＊

画家●夏目尚吾（なつめ　しょうご）

1949年愛知県に生まれる。日本児童出版美術家連盟会員。現代童画会新人賞受賞。

絵本に『ライオンさんのカレー』（ひさかたチャイルド）『コロにとどけみんなのこえ』（教育画劇）『めんどりとこむぎつぶ』（フレーベル館）。さし絵に『より道はふしぎのはじまり』（文研出版）『ぼくらの縁むすび大作戦』（岩崎書店）『ふるさとはヤギの島に』『悪ガキコンビ初恋大作戦』（あかね書房）など、多数がある。東京都在住。

キツネのかぎや・4　『だるまさんのおへそ』　ISBN978-4-251-03884-5
発　行●2003年6月初版　2020年10月第七刷　NDC913／77ページ／22cm
作　者●三田村信行　画　家●夏目尚吾
発行人●岡本光晴
発行所●株式会社あかね書房　〒101-0065 東京都千代田区西神田 3-2-1 電話(03)3263-0641(代)
印刷所●錦明印刷株式会社　製本所●株式会社ブックアート

「だるまさんめいろ」だよ！
だれが、早《はや》くゴールに行《い》けるか、きょうそうだ！